高橋馨詩集

蔓とイグアナ

Poems By Kaoru Takahashi

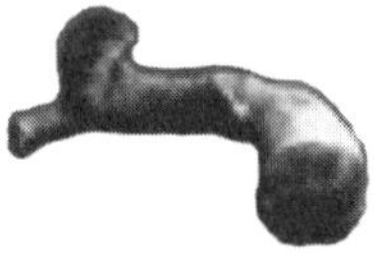

洪水企画

詩集　蔓とイグアナ

第一部　詩&写真　「蔓とイグアナ」

記憶の階段

泣き出したくなるほど
懐かしい　なのに
どうしても　思い出せない場処がある。

裏道にて

おじさん、あたしを忘れないで
ちゃんと　オッパイもあるでしょ

ダロウェイ夫人

It is Clarissa, he said.
For there she was.
（クラリッサだ、と彼は云った。
なぜなら、そこに彼女がいたのだった。）

日時計

止まっている
焦げる　ひび割れのまま
じりじりと――
かすかに蟻たちの足音

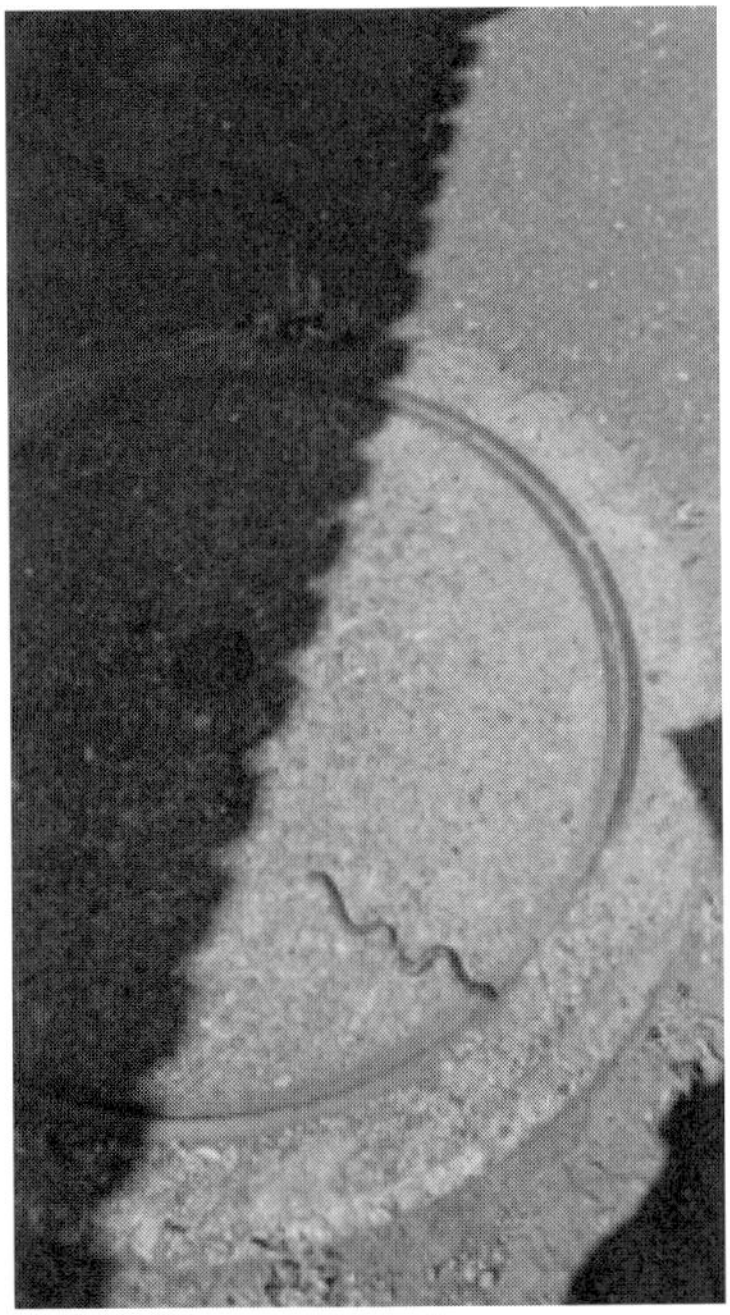

襲われる

首筋に
影の飛礫
タールの吐息

家の窓から

1ミリ上れば、1ミリずるり
毎日見ている身にもなって欲しい
登るなら登る　降りるなら降りろよ

突堤にて

頭から麻袋を被され　突き落とされた
裸足の脚先が海面に達する直前
目が覚めた
寝汗で起き上がれない
近くで救急車のサイレンが静かに止まった

象の樹

すりむいた膝小僧を
見ながら泣いた記憶
あれは
象の目を探していたのだ
痛む傷口から　目が生まれる

記憶を篩にかける

牢獄の鉄格子ではない　まして　あやふやな詰め物で満たされた　蜂の巣でもない　耳を澄ますに　ちょうど良い　立ち位置の調律　陥穽を渡り切ろうとする　刹那　垂直に居すくまれ　奈落に呑み込まれる直前　あらがう枠組みに阻まれ　あるかなきかの　旋律　脚下を踏みしめたとき　囚われの闇の　悲鳴——　やがて鳥の語らい　さえずり　奥で光る

わずかな　たゆたい　幻影の格子を映す　戦慄に誘われ　首筋を走る　水の声　靴底を透り　素足を伝って　蝸牛管　聞こえてくる　鼓膜のシャッフル——　密やかな　愉しげな語らい　果てしない　記憶のグラインダー　ただよう言葉のほのかな　上澄み——

これは猫ではない

猫にしては、あまりに置物めいて
枠組みに収まり
形姿が人の視線に媚び過ぎている
スマホのレンズにさえも

「**悪企み**があるのは、結果の**単純さ**のせいで目に見えなくなってはいるものの、それだけがこの結果の惹き起こすはっきりと定まらない居心地の悪さを説明できる、そんな操作の中にである、という考えを私はふり払うことができない。」（ミシェル・フーコー『これはパイプではない』豊崎光一・清水正訳／哲学書房／二〇頁／ゴシックは引用者）

秘密

どうゆうわけか
ローカル駅の　トイレからの景色は
傑作ぞろい　まるでキリコ
　まもなく　輪回しの少女が現われるだろう

奇跡

やはり、あった　ピーター・パン
川向こうの小公園
　読んでみて、驚いた
かつて子どもであった、老人のための物語
せっかくの葦笛　耳が遠くて　聞き取れない
見つけたことこそ　奇跡でしょう

梢よ

気ままな山歩き　たしか雲取山
空に放たれた　木々の梢だけを捉えてシャッター
現像されないまま忘れられたフィルム　少年の日の記憶
ジャズピアノのソロが静かに流れ　コーヒーの薫り　燻り
ガラス越しに　浮遊する濾過の雨粒
どうしても　聞き取れない　かすかに揺れる公孫樹の語らい

くちなし（梔子）

ビーズの赤
ビロードの青い繊毛
詰め物ではち切れそうな　黄色の寸胴
お尻の黒い刷毛
2センチに満たない　豪奢なブローチの留め金
鱗粉のない透かし翅を　猛烈に羽ばたいてホバリング
体長ほどもある　長いストローの管を差し込み　蜜を吸う姿
小さなハチドリが　そのまま進化して　オオスカシバ

図鑑を見て　魔法が解ければ
　どこにでも見かける蛾の一種
緑色の幼虫は　クチナシの葉を食い荒らすだけの害虫とか
　花蜜を吸っているときだけの宝物
　　オオスカシバ

えっ、詩《ポエジー》に似てはいないかって――死人に朽ちなし
蜜を吸う長い管も口なのに

＊思わずスマホで撮ったのだが、透明な翅が邪魔をして接写レンズなしでは、見分けられなかった。

アクタイオン・コンプレックス

視線は刃物よりも鋭い
鑿《のみ》である
幹全体で
若い女性の生身の体型を描いている
撮ったときに気づかなかったが
下部を見れば、鹿の顔が——

ディアーナの水浴

最初の展示室から　気づいていた
人混みから少し離れて　化粧気なしの　身軽さ
グレーの薄手のセーター　軽く腕を組んで
眺め入る　くったくない　自然体
しゃんと伸びた姿勢　ショートカット茶髪の首筋
なだらかで　優美なスロープ

無防備な腰の　エロチックというより
黒のタイツの　スタティックな　彫像を思わせる体つき
裸体の　生々しさを吸収しながら
なお輝きを失わない　セクシュアリテ
わざと　付いて回ったわけでは　決してない
迷宮のような　展示室巡りの　上がり下がりを繰り返し

ほとんど　衣服を脱ぎ捨てるよう　同時に会場を出た
齢《とし》相応に　遠ざかるのが　惜しくて　スマホを構え
地上階へのエスカレーターを駆け上がる
去り行く　軽装の黒マスクの若い女――
シャッターに収めようとして　矢に刺されたまま　杳として　見失う。
「裸のわたしを見たと　言いふらしてもいいわよ。もし、それが出来ればね」
後ろ姿の捨てぜりふ
畏くも、忘却の底にとどめるくらいは許されよう。
　　――コロナ禍　東京都美術館
「ゴッホ展―響きあう魂、ヘレーネとフィンセント」にて――

＊　オウィディウス『変身物語（上）』（岩波文庫・一〇五頁）参照
＊　題名はピエール・クロソウスキーの同名のエッセイ集から借りた。
＊　ヘレーネ・クレラー＝ミュラーはフィンセント・ゴッホ作品の著名な蒐集家。

合い言葉

おや、こんな処にアクタイオン
そうじゃないだろ
こんな処にアルテミス

だじゃれを言っている場合か
散歩の犬に小便をかけられるぞ

また、合い言葉を頼むぜ、兄弟
じぁあな

ディアーナ

透視画法を逃れて

「家路」と題された　ありふれた映像に　なぜ惹かれるのか
暮れなずむ　秋の月にかかわる　おそらく
街灯の光と比べても　明るい　とはとても言えない
橋梁の下の　暗闇に閉ざされた河面からの　繊細なグラデーション
市街の明かりと電線の領野が　月の近くまで広がっている
色あせた　紙風船の　ありふれた　私のノスタルジア——

その人のために

道端で　見つけて　「しめた」と思った
屈んで　手を伸ばす
ふらふらころころ　逃げていく
一歩　先回りして　行く手に差し出す
巧みに逸れて　ころころふわふわ
ようやく　毛玉を　指でつまみ上げる
なるほど　小さな　何かの種
目も口も　見あたらない
手長の蜘蛛のように　そこから
無数の触手が伸びていて
羽毛のような　綿毛《わたげ》のような
転がるでもなく　飛び跳ねるでもなく

風もないのに　ふわふわころころ
きっと　人の吐息や手の動きに
風を感じ　反応する
ベンチに座り　脇に
そっと　毛玉を置いてみる
スマホを構える　そんな隙
ころころふわふわ　案の定
ベンチの隙間から　逃げ去った

＊

ひそかに尊敬している　わたし
今日も　内ポケットや鞄に
小さな　透明な瓶を忍ばせている人
その人のためにだけ　生きものの形で　生きている
　誰が付けたか　ほどよい名前の
ケサランパサラン

弁証法を超えて ――東京国立近代美術館にて――

どけよ
きみこそ　どけ
(言い争っても無駄だよ　鏡をたたき壊さねば)
おまえが　けしかけただけじゃないか　おれたちを
握手して　入れ替わろうぜ　継ぎ目のない回転ドアを

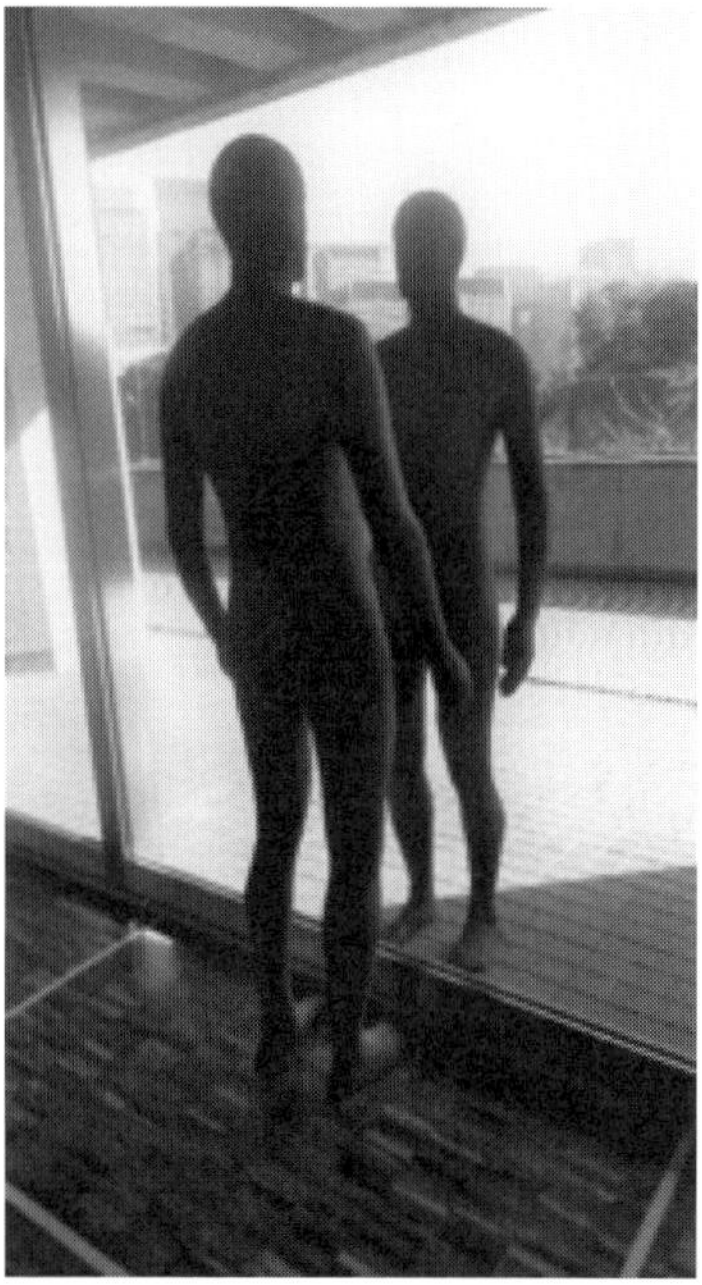

巨大な眼球

公園の欅《けやき》のもとで　空を見あげ　いつも途方に暮れてしまう
虚空の巨大な球体に包摂されて。
　この樹の手前に　球形の鉄製回転遊具があって
　子どもたちが　回し戯れている
回して遊ぶには　力を失い　視力も衰え　この眼圧を超えられるか！

変身

ある朝、目が覚めて　自分が一匹の昆虫になっていた
言わずと知れたフランツ・カフカの『変身』である
数知れず翻訳出版され　挿絵もいくつか見た
映画化もいくつかされた
昆虫をどうイメージするかで　この小説は決まる
クリス・スワントン監督の　哀れで滑稽な虫が秀逸だ

飛行機雲

駅前高層ビルの頂に突き刺さった　飛行機雲の長い帯が　頭上まで広がっている。
朝の出がけのテレビでは　大阪ビル放火殺人事件の犠牲者が　二十五人達したとのこと。
　コートのポケットに手袋の片方がないのに気づき引き返す。あきらめかけた距離に鼠の死骸のようにうずくまった片方が招くような妙な形で落ちていた。スマホのシャッターを押したときに　同時に惨劇が起きたような後ろめたさを　振り払いつまみ上げる。
ただ、それだけの写真が、カラーをモノクロへ変換すると地獄絵のように見えてきた。

革細工の面

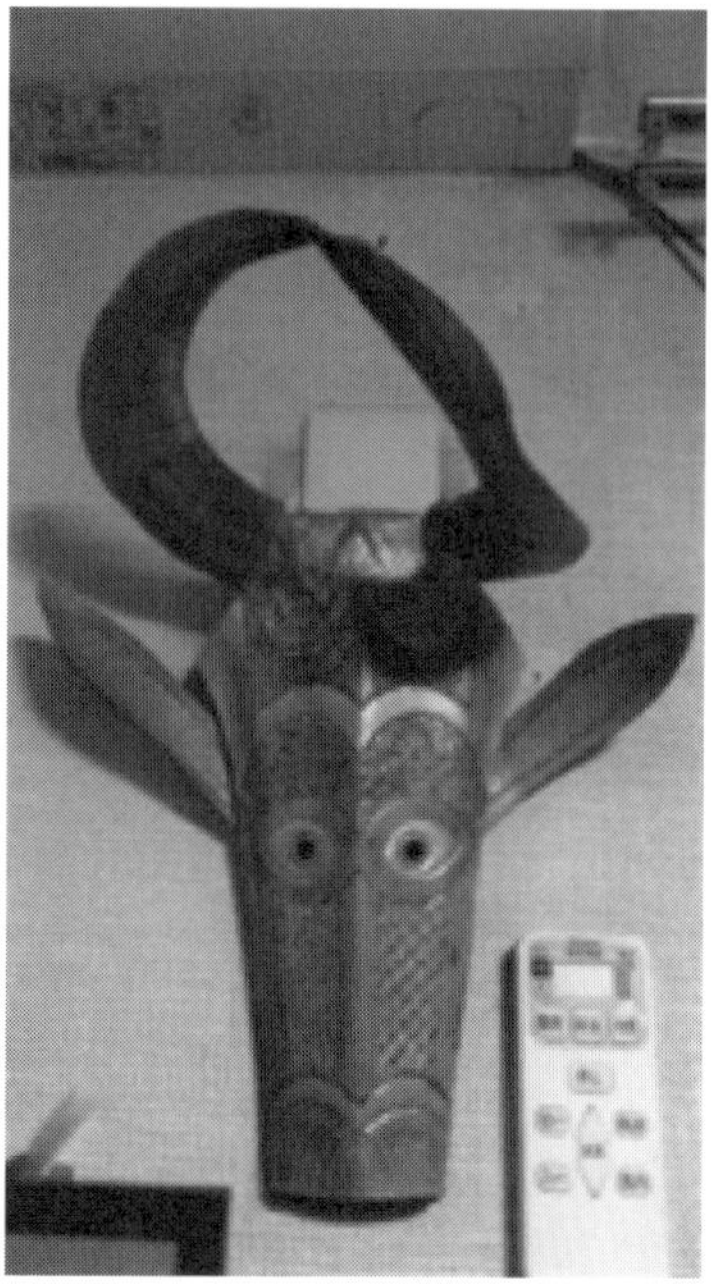

処分には惜しくて　目前に飾っている　母の遺品
生前　革細工を習っていたときが　いちばん愉しかったと……
空いている二つの穴を覗いていると
込み上げてくる
優しさの　深いところから　道化たような　自足の笑い
古代のオリジナルを超えて——

つぐみ

決まって一羽　原っぱに
つぐみは群れない　啼かない
餌をねだる　鳩たちの　弾幕に邪魔され
近づけない　サンクチュアリ
その日
遠く渋谷、ラヴ・ホテルの一室
男の血まみれの裸体が転がり
財布から札が奪われていた
その場を立ち去った若い女
コロナ禍、八十二歳の殉教者に　永遠の安らぎを！

モノローグ

施錠され　無人の排水機場は、
水流で攪拌され、
昼間から、外付け螺旋階段に酔っている。

へそ

まがまがしい呪縛の輪　癒えたとしても
生涯つきまとう淵の傷痕
頭から飛び込んだのか　脚から擦り降りたのか
不純なものとして　噴き出された
エンペドクレスの豪奢なサンダル
なぜか　片方だけであったとか

＊斎藤忍随『知者たちの言葉―ソクラテス以前』（岩波新書・一〇八頁参考）

わがエンペドクレス

春の日、

小公園でジョルジュ・バタイユの「太陽肛門」（酒井健訳）を読み耽っていたら、後ろの藪椿の陰から聞こえてきた。耳を澄ますと、ささやくように

――ヘルプミー

空耳かと思って読書を続けていると、どうしても「ヘルプミー」と聞こえる。

本をベンチに置いて首を伸ばす、我が目を疑った。まるでマジックキューブのように、固まっていたのだ。軽業師だってこんな器用な真似は出来まい。手足がこんがらかって曲がって立体的に固まっている。尻を空に向けて、股の間から顔を出し、苦痛で口を歪めて「ヘルプミー」とうめいていたのだ。

そばによって眺めると、高さは私の胸のあたり、幅もほぼ同じ、押せば転がるような危うさである。衣服は運動用のジャージーを着ている。傍らにはサンダルが揃えて置かれ、脇に分厚い辞書のような本が一冊。

すぐこの人物に見覚えがあるのに気づいた。私と同じように市内を散歩していて、ときおり、

喫茶店やショッピングセンターのベンチに、屈んで本を読んでいる白髪の老人。いつか、脇から覗いたことがあって、横文字の重そうな本である。

——ヘルプミー

どうやら、固まった、パイプのジャングルジムのようなてっぺんのところで、腕が絡まってしまったらしい。ちょっと気味が悪かったが、近寄って、その腕を脇にどけてやると、たちまちジャングルは崩れて、正常に戻った。

つまり、私の前に、痩せこけた骸骨のような筋骨の、私よりも二十センチは高い長身の老人が突っ立っていた。

礼を言うでもなく、あたふたとサンダルをつっかけ、洋書を抱えて立ち去った。以来、大した理由はないが、この男をひそかにエンペドクレスと呼んでいる。

それからも、街角ですれ違うことも、たまにはあるのだが、完全に私を無視する。あたかもなにもなかったかのように。

私はすれ違いざまに、小声でささやくことにしている。

——ワンスモア

午後の散歩

小さな川でも近くにある恩恵は大きい。この季節になると、ユリカモメが海から上ってきて飛び交い、白木蓮の無数の花が散るような景観を繰り広げる。川面や川岸には、鴨や鷭、そして白鷺などまるでミニチュアの玩具。江戸川から真間川を通って海を目指す稚魚の大群、最近では、それを目当てにやってくる、カラスと見まがう黒い川鵜の群れ――。

幹線道路と併走する境川は、真間川と大柏川が合流点で、鉄橋の鉄骨が幾重にも入り組んでいて、ユリカモメが列を成して並んでいるのは、その欄干である。

川面で一羽の川鵜がくるくる回っている。見ると、小魚の群れが追われながら、川鵜を回っている、つむじ風のように、いつまでも回る鳥と魚の二つの輪――

川筋には道路と橋が整備されていて、小公園や桜並木が点在している。贅沢を言えばいくらでも言える、例えば、トイレがないので付近のコンビニに駆け込むほかない。近隣の老人の散歩は、これらの川沿いを巡り、時には、街中の道に脚を踏み入れ、街並みを散策することもある。あの老人を家の前で見かけたこ

ともあった。

コロナ禍のマスク生活とあって、顔見知りになって、すれ違っても挨拶の言葉を交わすこともなく、川の流れを挟んで同じループを自働人形のように巡るのである。疲れれば、そこここにベンチが空いているので、木陰で本も読めるし、一休みできる。

ソフト帽に、軽めのダウンジャケット、肩掛けの鞄、頭から革靴まで焦げ茶に揃えて、わずかに襟のマフラーから緑色のループタイが覗いている。顔の表情は白マスクだから曖昧で目立った印象はない。ほとんど散歩の度に、何処かで、追い越したり追い越されたり、対面ですれ違ったり、ほぼ同年配と思われる老紳士である。

川沿いの屋敷の荒れた庭に白梅の大木が夜空の花火のように、どんと一発満開、その前で、例の老人が平石に腰を下ろし、背中を丸めて眺めているのが、橋の上から見える。なぜかスマホを構えて梅を撮るのもはばかれて、彼の後ろの狭い舗道をゆっくり通り過ぎる。

なんの脈絡もなく、ふっと自分が十七歳の時、突然死した父を思い出した。死に顔は穏やかであったが、戦後の苦労は、並大抵ではなかったろう、享年四十五歳。妙な言い方だが、私は父を生きているのではないか、父の目で、今、散歩しているのではないだろうか。

おしゃれな、緑のループタイの老人も又、愛していた誰かの目で白梅に見入っていたのかも知れない。明日、又ここへ来て、スマホに収めようと誓ってその場をあとにした。

あるときは貪欲な川鵜となり、あるときは健気な小魚の群れとなり――永劫回帰という、哲学者の重い言葉がいつまでも舌に残った。

荷風橋のさくら

本に愛着のある方ではないが、いささか得意である。昭和廿五年二月二十日、中央公論社発行、表紙は紺の和紙に金の題字で「葛飾土産」頒價四百貳拾圓　著作者　永井壯吉とある。おそらく荷風自身が紙質から装幀まですべて決めたものであろう。戦後、五年ほどしか経っていない時節、贅沢な書籍であったろう。自分の写真を数枚載せてあるのも凝っている。粗末な木橋の中程にたたずみ、土手の桜並木が満開のように見える。地元では「大和橋」で通っているが、自宅から十分ほどの、この橋を私はひそかに荷風橋と呼んでいる。

「この里もすめば都となりにけり三たび来て見るまゝ川の花　荷風」

二〇一二・三・二九

「窓」のための小さな物語

窓から見える情景、どこにも不思議はない
店を出ようと立ち上がった私のほかには
思わずスマホを取り出してシャッターを押した
二階のサンマルクの「角」の席で本を読んでいたのだ
左手は全面ガラス、鏡ではあるが——

はなにら　――わが老いたるオフェリア――

星が煙るよう、一面に白い花が　かすかに揺れている　散歩の明け方
水に沈むかに、ほの見える　古びた仕舞屋の屋根
灯る花の間あいを　小道の水脈が　門口までようやくたどれる
しばらく足を止めて　ひっそりとした地上の星座に見とれた
後悔のひとつは、雑草や木々の名をほとんど知らないまま過ごしたこと
食べるには毒があるとか、命にかかわるほどでない

白昼夢

編み物をする祖母や母の手つきを
畳に寝転んで　飽かずに眺めていた記憶がある
路地に出ると
巨大な機械怪人が立ちはだかっていた。

蔓とイグアナ

樹木から切り落とされた蔓であろう
拾ってきてパソコンの上に載せて眺めれば
イグアナにも見える
書斎を覗いた女房は、物好きにという顔
類似は、そっくりであってはならない
十人が十人　認めるような類似を認めたくない
出来れば、自分だけに見える微分的類似であって欲しい
雨に濡れた路上で　小さなトカゲに見えた
カーテンの外は雨である

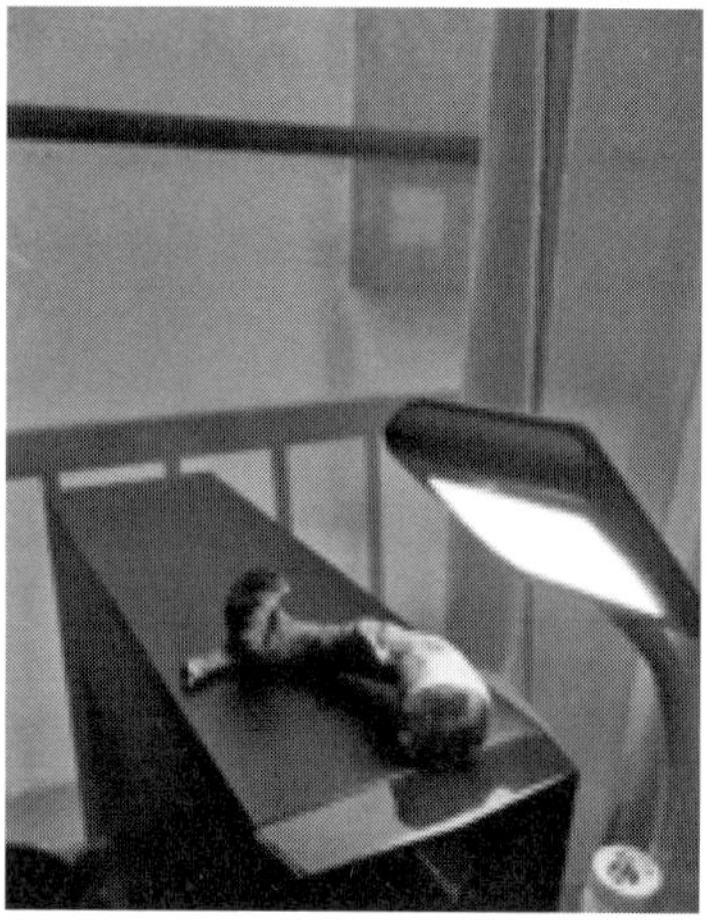

ことば

「白い花がたくさん咲いている
　楽しい！」
お母さんの手を離れて、三、四歳の女の子

〈楽しい〉という意味を教わる。

ポール・エリュアール

彼のスターリン賛美の詩を読んで
愕然としたのを思い出す
〈状況詩〉とは云え、
このような詩を書いていたとは

古本の「エリュアール詩集」（昭和二七年、創元社刊）に
魅せられていた　若かった僕
老齢となり、もう一度、同じ詩集を読み直した

君らの乾いた瞼《まぶた》のかげに
君らの欲望の泥のなかに

黒　一つのゼロが生まれるだろう
ゼロ　小さくて無量に大きなもの
人間の至上の部分を
かち得ることのできるもの

黒　それは私ひとり　君たちは明るくあれよ
（同詩集一四七頁の詩の一節／窪田啓作訳）

優れた才能も誤ることがある
だが、言葉の真実は失われない

（注——「黒」は仏語で noir ノアール）

猛暑の夏　１

蔭の繊細さは
藝術作品の理想である
実物と参照しない限りで
実物がすべてをぶち壊す
眼と比べて
写真はもっとも粗雑な蔭ではないか

猛暑の夏　2

真間川の川面
すれすれ
もつれ合いながら
二羽の若いカラスが
輝く空色の小鳥を追いかけて行った
カワセミの驚異の飛翔力を
信じていればこその
空前絶後の情景であった

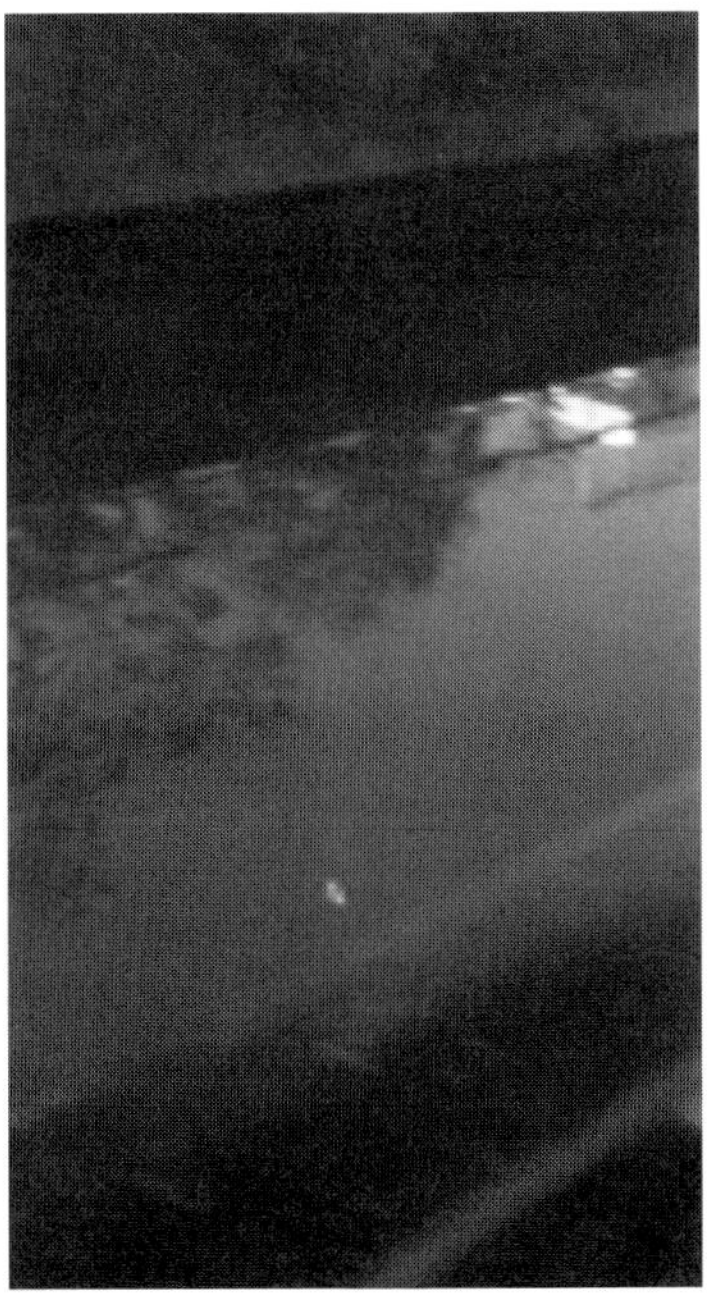

猛暑の夏　3

デュシャンのレデイメードを超えて見なければ
人はそこに何も視ないだろう
濃い羊羹色の姿見大の鏡
作品〈鏡、血のような赤　Spiegel,blutrot 1991〉
恐るべき奥行きの背景から前に浮かび上がる
おのれの幻のような実像を目にしたとき
一瞬にして理解した。
そこにはゲルハルト・リヒターが描いたのでもない
ローザ・ルクセンブルク
伊藤野枝のむごたらしい虐殺された遺体が
幾層ものレイアーを遡り、浮かび上がる奇跡！
恐るべき奥行き　その生成の物語を

自分の想像力で描けないとしたら
国立近代美術館の会場を溢れるような
リヒターの膨大な作品、一生を費やす精力的作業は
一瞬にして水泡に帰すに違いない

彼はおのれと画面との距離で鎮魂を描いたと聞いている。

（竹橋のゲルハルト・リヒター展にて）

ダーク・ミラー伝説

深い森の奥
廃墟の牢獄の
穿たれた四角い窓
ようやく探し当てた漆黒の鏡
光を呑込むだけで　反射しない
この鏡に
囚われの姫の幻が
身を乗り出すように
浮き出る事があるとか

自画像

今時、自画像にこだわるなど気が知れない
じゃあ、何にこだわったら気が知れるのか
こだわるからには避けようのない鏡
八十四ちょうど、としに不足はない
　みだしなみ　みなしみではない
いまだ埋め尽くされない　永遠の余白

ミノタウロス

ミッシェル・レリスの『闘牛鑑』の挿絵
アンドレ・マッソンの怒り狂う猛牛
こんな迫力は、とても描けない
凡庸なぼくは、妄想の我楽多で溢れるばかり
今にも崩れて消え去るような
　　その時
塵の中から立ち上がる生命がある
肥大して誰が見てもみっともない
それでも我楽多が奇跡的に息を吹き返したのだ
ミノタウロスと名づけた

嵐の夜

通された部屋は、真っ白な広い部屋で、机も椅子も一切の家具、窓もなかった。どこから入ったのかと振り返れば扉も見あたらない。天井に照明はなく、全体が白く明るんでいたとでも云おうか、どこにも、取っ掛かりがない。四方、いや、天井と床を含めて六方の白い壁以外何もなくて、軽い目まいに襲われた。せめても、塗料の匂いでもしたら、救われたのだが——。

ふっと気づいた。正面に小さな黒っぽい何かがあった。近づいた眼の位置に、鍵穴のような四角い札みたいなものがあった。幸いにも、ポケットにメガネのレンズ大のルーペを持参していた。取り出して眺めると、額縁に収まった、小さな、小さな絵であった。絵については説明しない、見れば分るのだから——。

暗闇の中、雷鳴と稲光に照らされて、猛烈な波のうねりに、ずぶ濡れになりながら必死に泳いでいた。だが、一瞬であった。渦に巻き込まれ、あの血のような赤い生きものはなんだろうと思いながら、意識を失った。

第二部　自由線画集　「老いたる芸術家の肖像」

「陸と海とを封鎖することはミノスにもできようが、少なくとも空だけは開放されている。そこを通って脱出するとしよう」

（オウィディウス『変身物語』上巻・中村善也訳・岩波文庫三一六頁）

ゆらぎ　　Kaworu

A Perfect work

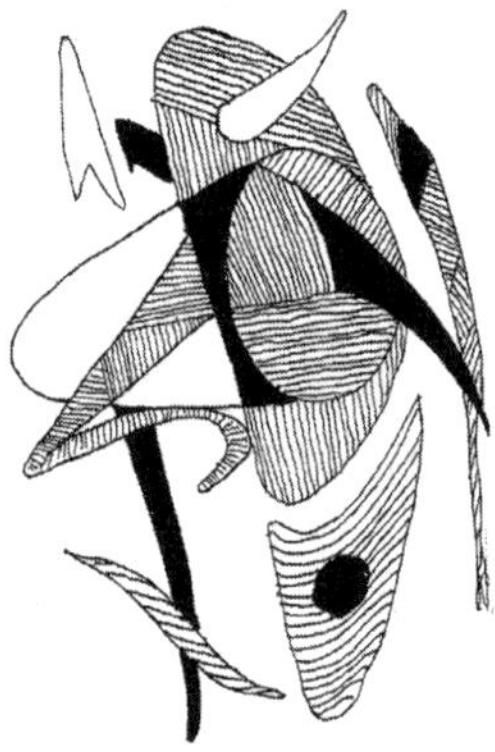

むしろバラバラなものとして

あっちむいてほい

べつにくらげが好きじゃない

語らざるもの

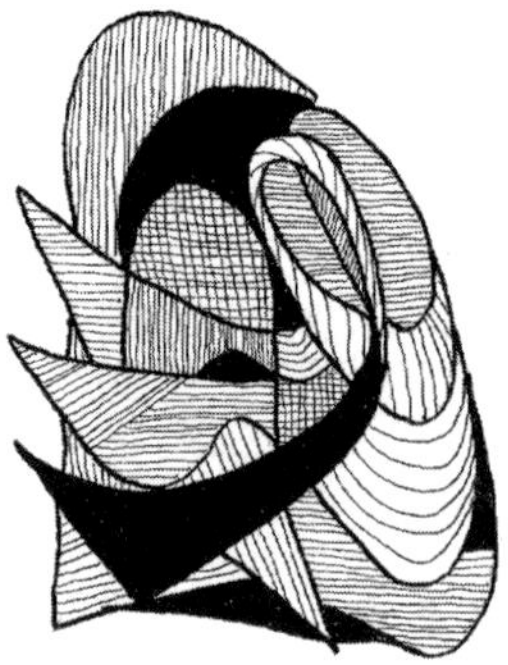

Kaworu

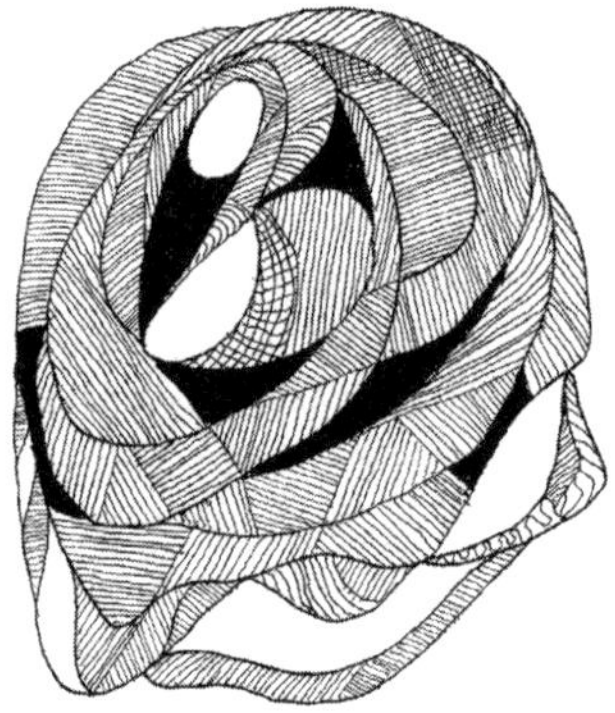

KAWORU　戦士

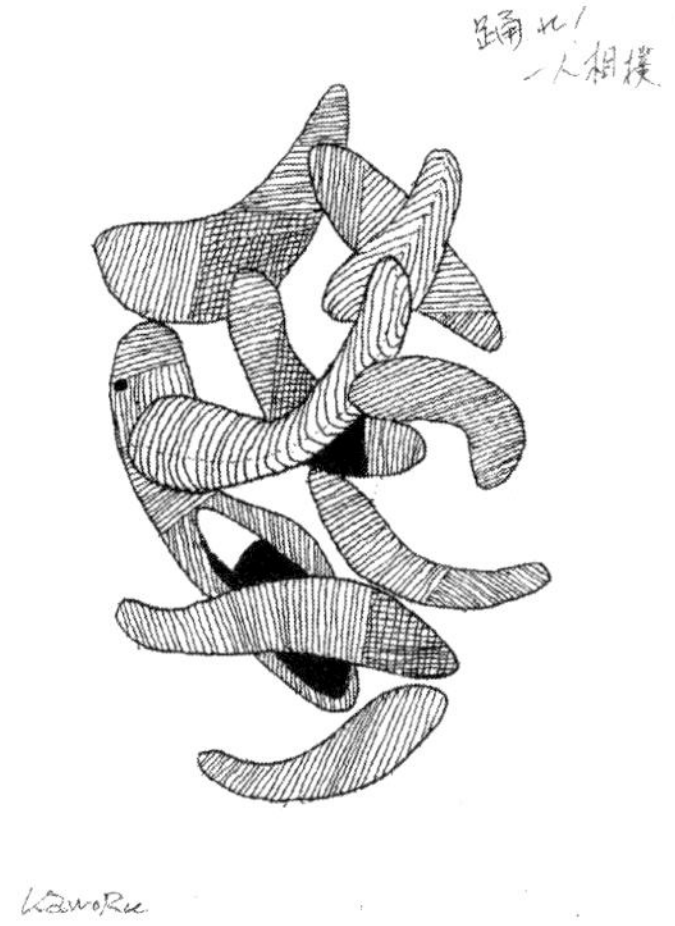
踊れ!
一人相撲
KawoRu

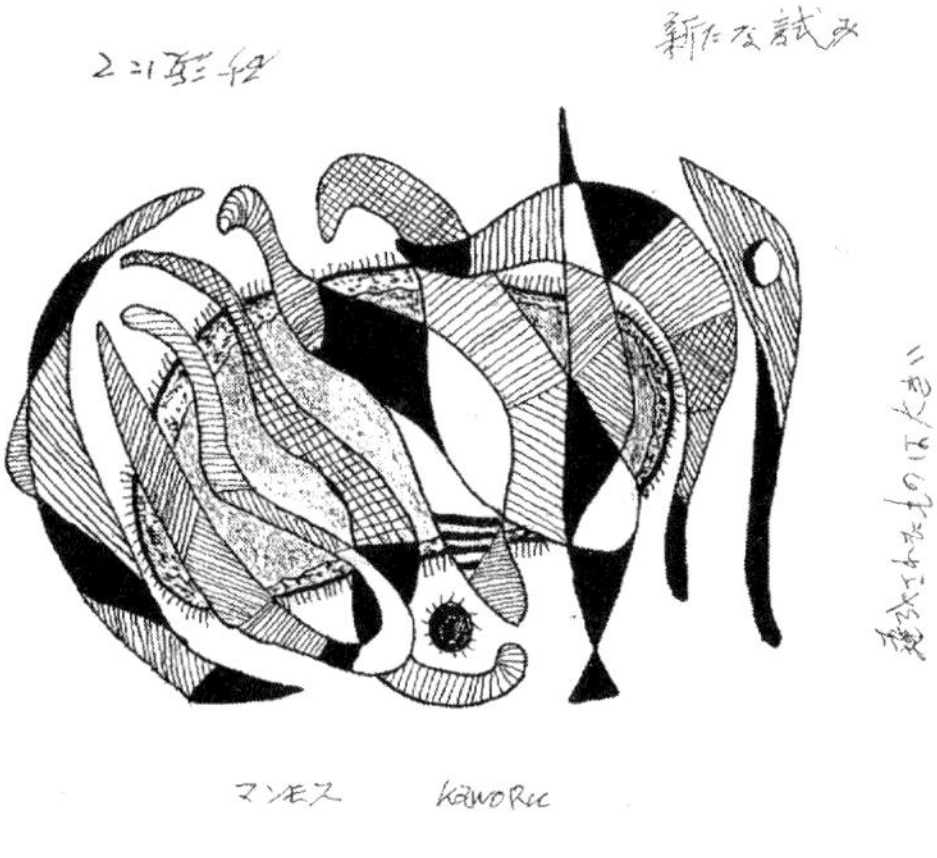
新たな試み
遺されたものは大きい
マンモス
KawoRu

KawoRu　幸福な一家

美女ありき

KawoRu

アインシュタイン

Kaworu

あやつり人形

Kaworu

マジシャン
Kaworu

霊神の子
Kaworu

美しい内臓

Kaworu

死に向う際限なしの増殖抑えよ。
Kaworu

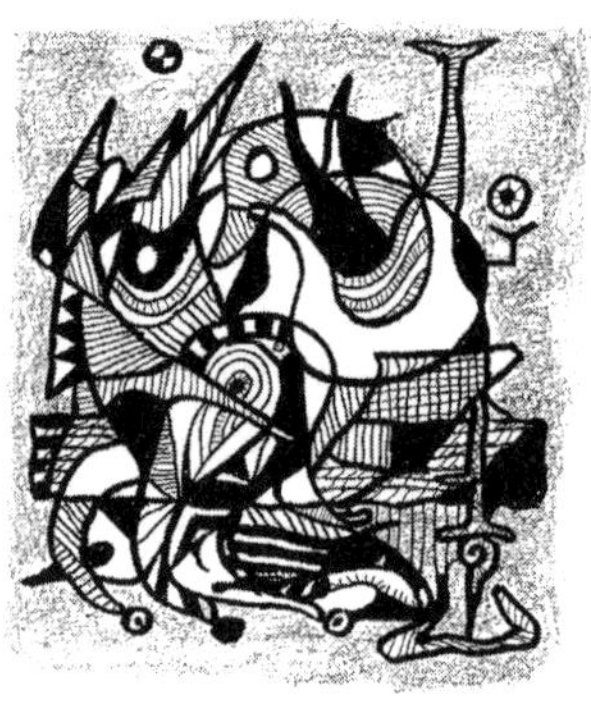
Kaworu

KAWORU.

ゼーロン
2022.7.8
KAWORU.

あらゆる反転するもののみにおいて
陽のあたらぬ世界に
Kaworu

Kaworu

KawoRu

イマージュ

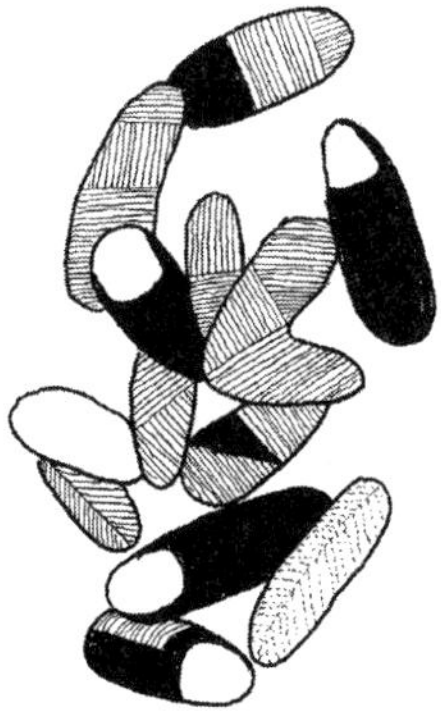

KawoRu

落ちる女

蛙の頭

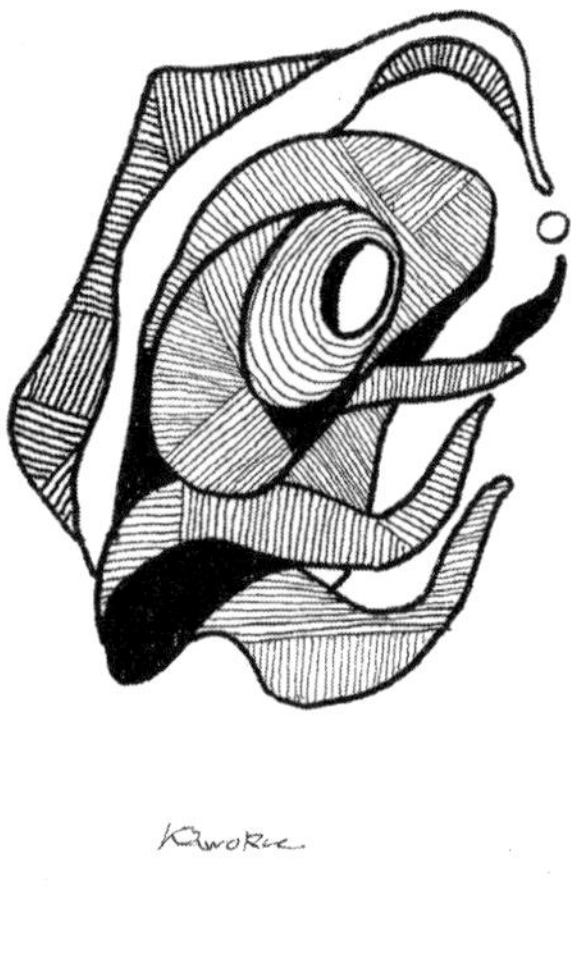

てんやわんやの朝

オブジェ

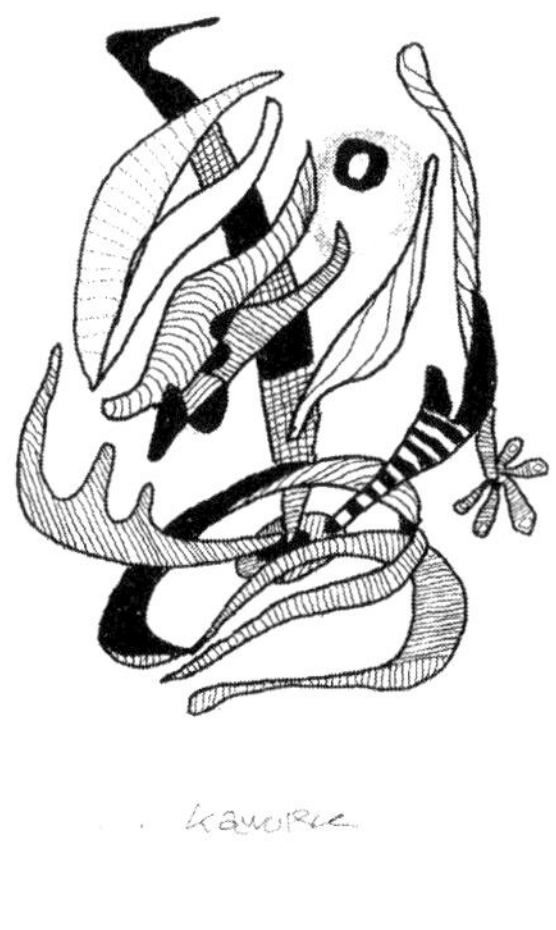

呪術師

kaworu

オブジェ

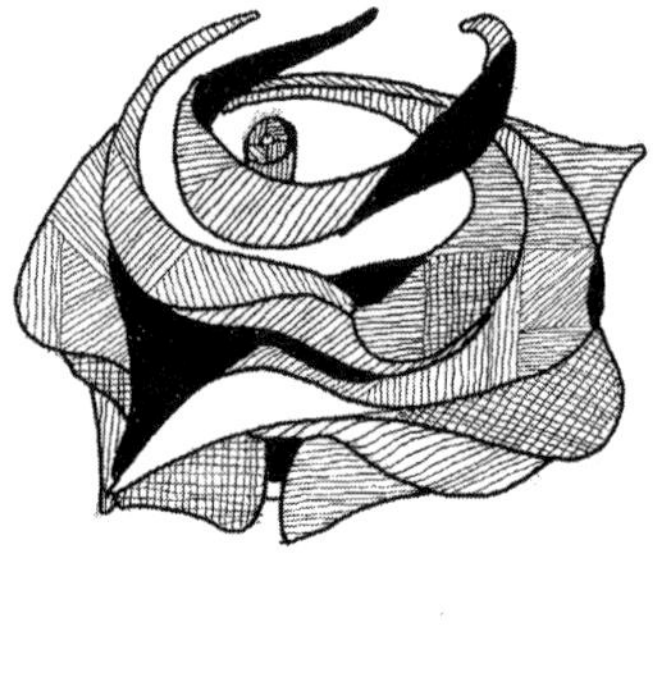

kaworu

コンポジション

Kaworu

逃げろ!

Kaworu

KAWORU

KAWORU

2018.8.30 KAWORU No. 372

2018.8.31 KAWORU No. 373

やぶれかぶれの恋

KAWORU

KAWORU

付記

自由線画は、何も描かない、無意識の悪戯描きのような手慰みである。何かに似てきたと気づいたら、物理的に抹消するのではなく、その線を生かしつつ、別のイメージとして描き続けねばならない。つまり描かれた線は抹消されない。原則として、モノクロの線画であって、色彩やぼかしを使わない。定規やコンパスやパソコンなどの器具は、使わない。専門的な能力、技術的な優劣を出来る限り排除するためである。

題名のようなコメントが付されている場合もあるが、描き終わった後の連想に過ぎず、ほとんど無意味である。線画に上下横縦の区別はない、署名やコメントの位置に左右されないように注意されたい。わたしが、自由線画に求めたのは、おおらかな夢とユーモアと線の根源的な優美さと明晰さの四点である。例えば、ギリシアの壺絵のような――。一点だけ自由線画と呼べない作品が含まれている。お分かりだろうか。

第三部　エッセイ「わたしのダロウェイ夫人」

わたしのダロウェイ夫人
——「フォト・ポエム」断想——

ヴァージニア・ウルフの小説『ダロウェイ夫人』(一九二五)において、華やかなパーティーが終わりに近づき、主宰者のクラリッサが一息つこうと、たった一人、控えの間で窓から向かいの建物の窓を眺める、本書の主旨を要約するような印象的なシーンがある。

——クラリッサはカーテンを開け、外を見て、驚いた。向かいの窓から、あの老婦人がまっすぐこちらを見ていた。これから寝にいくところだ。そして空は……厳かな空だろうと思っていた。だが、この空は……灰の白さだ。そこを巨大な先細りの雲が流れ去っていく。見たことのない空。風が起ったに違いない。向かいの部屋では老婦人が寝にいく。見はじめると吸いつけられる。老婦人は動きまわり、部屋を横切り、窓辺に来た。あの方にわたしが見えるかしら。客間では、まだお客様方が笑いさざめいていらっしゃる。そんななか、あの老婦人は無言のままベッドに行こうとし、その姿がわたしを惹きつける。いまブラインドを下ろしている。時計が鳴りはじめた。今夜、青年が自殺したという。でも、わたしは哀れまない。時計が鳴っている。一つ、二つ、三つ……わたしは哀れまず、背後では喧騒がつづく。ほら、老婦人が明かりを消した。家全体が暗くなり、背後では喧騒がつづく(とクラリッサは繰り返した)。不意に言葉が浮かんできた——もはや恐るるな、太陽の灼熱も。さあ、戻らなければ。でも、なんという驚くべき夜かしら。クラリッサはその自殺した青年をとても近しく感じた。彼がやりおおせ、身を投げ捨てたことを嬉しく思った。時計が時を告げている。鉛の同心円が空気中に溶けていく。その青年はわたしに美を感じさせてくれた。でも、戻らなくては。いまのわたしがなすべきは、分解ではなく組み立て。サリーとピーターをみつけること。クラリッ

サは小部屋から出て、客間へ戻った。――（土屋政雄訳・光文社古典新訳文庫三二二頁）

補足的に説明すると、頻繁に時を告げる時計の響音は、ビッグベン、すなわち英国国会議事堂時計塔の時報であって、ここでは、リフレーン的な、かつ象徴的な意味も含まれている。「鉛の同心円が空気中に溶けていく」は、この作品の中で何度も出てくる、美しい詩的な表現の一つ。「今夜、青年が自殺した」とあるのは、この小説のもう一人の主人公セプティマスが窓から飛び降りて自殺したことを指している。彼は第二次大戦末期のシェルショック(戦争神経症)で精神を病んでいる。クラリッサと直接関係していないが、パーティーに遅れてやって来た著名な主治医ブラッドショーの患者であって、精神病院への収監を恐れて、その日の午後、無惨な死を遂げたのである。クラリッサは、ブラッドショー夫妻から見知らぬ青年の自殺を知らされて、強い衝撃を受ける。客の接待を夫のダロウェイ氏に任せて、主宰者なのにパーティーの会場を離れて別間にやって来たのである。「もはや恐るるな、太陽の灼熱も」も、繰り返されるフレーズの一つで、訳注によれば、シェイクスピアの戯曲「シンベリン」第四幕に出典があるとのこと。

クラリッサのダロウェイ邸と通りを隔てた建物に住む、一人暮らしと思われる老婦人の話は、小説の冒頭部分にも触れられていて、言葉は交わしたことはないが、密かにクラリッサは親しみ、シンパシィーを感じていたのであろう。

このように『ダロウェイ夫人』は、何度も繰り返されるフレーズや同じような場面設定が頻繁に扱われて、バッハのフーガや海岸の寄せる波・引く波の行き来のような詩的な趣を添えていて、それを見落としては、十分に堪能したとは云えない。

＊

この小説の要は、ここでの引用場面をどのように読むかに集約されるように思われる。

あらゆる対象（オブジェ）・他者には、自我に対する喚起力が潜んでいる。そうした意味で、鏡である。逆にその喚起力が働かなければ、他者でもなければ鏡でもない。窓辺の老婦人が真の喚起力を発揮するためには、セプティマスの悲惨きわまりない自殺を、衝撃をもってクラリッサが受け止めなければ、老婦人の静謐なたたずまいが、他者として対象とは決してならず、自己肯定的な陶酔的なドリアン・グレイ流の肖像にしか過ぎない。老婦人とクラリッサとの間に深刻な断絶あるいは断層を想定して始めて二人の間にシンパシィーが成立するのだ。「もはや恐るるな、太陽の灼熱も」というう果敢で壮絶なフレーズが立ちあがり生きてくる。ここで必要なのは、愛を超克した真実なのだ。

パーティーが終われば、別室でクラリッサを待っているると思われる「サリーとピーター」は、青春時代に親しくしていた仲間であって、二人は偶然に三十年ぶりに予告なくパーティーにやって来たのである。サリーには、クラリッサがかつて同性愛的な友情を持っていて、ピーターはといえば、夫にチャールズ・ダロウェイを選ぶ前の恋人であり、滞在しているインドから所用で今朝、ロンドンに到着したばかりである。

窓からの転落！『ダロウェイ夫人』において、「窓」こそ、キーワードである。探せばこの小説で頻繁に重要な役割を担って描写されている。窓の内側は、自己肯定的な文明的な世界であって、クラリッサのパーティーはその象徴であると、とりあえずは云えよう。普段であれば、窓と窓とは、断絶を介在することなく、無媒介にシンパシィーで繋がっている。老婦人が、或る日、窓を開けて飛び降りて自殺するなどまったく想定していない。

著者ヴァージニア・ウルフは、ダロウェィ夫人の口を借りて語っている。

「クラリッサはその自殺した青年をとても近しく感じた。彼がやりおおせ、身を投げ捨てたことを嬉しく思った」と。なぜ、青年の自殺に喜びを感じたのか。クラリッサにも同じ願望があったとしか思われない。セプティマスが窓から飛び降り自殺する事によって、彼女の願望を代襲したのだ。エクリチュールにとって個の存在にそれほど意味があるのであろうか。

ちなみに、セプティマスの自殺は、いわゆる観念的な自殺でない、生を否定する自殺ではない、また、浄土願望的な自殺でもない、いわば生きるための緊急避難的な自殺である。

詩と言葉は、対象との異和を超克するための表現にほかならない。それによってしか、断絶あるいは断層の深淵を表現できないのだ。それがエクリチュールの宿命であろう。

私たちが路上の対象物、すなわちオブジェにスマホのカメラを向けるとする。そこに見過ごせない異物あるいは断絶・異和を認めて足を止めなければ、それはすでにフォト・ポエムの対象ではない。

『ダロウェイ夫人』のクライマックスは、最後の二行である。これでこの小説は終わる。その少し前から引用したい。

＊

——リチャードもエリザベス（ダロウェイ夫妻の一人娘）も、パーティーが終わってやれやれと嬉しかった。だが、それ以上に、リチャードは娘を誇らしく思った。言うつもりはなかったが、言わずにはいられない。お前を見ていたよ、と言った。見ながら、あの愛らしい娘は誰だろうと思っていた。なんと、自分の娘だったとはな。聞いて、エリザベスは喜んだ。だが、哀れな犬が吠えている。

「リチャードはよくなった。あなたの言うとおり」とサリーは言った。「行って話してきましょう。お休み、くらい言わなくてはね。心と比べたら、頭なんて何よ」レディ・ロセッター（サリーのこと）はそう言って立ち上がった。

「おれも行く」と言いはしたが、ピーターはしばらくすわりつづけた。この恐怖は何だ、この恍惚はなんだ、と心の中でつぶやいた。異常な興奮でおれを満たすものは何だ。

クラリッサだ、と言った。

そこにクラリッサがいた。——（同書・三三七頁）

クラリッサの夫リチャード・ダロウェイは、保守党の有力な国会議員である。従って、彼女の主宰するパーティーには、総理大臣でさえ顔を出すほど盛況である。このパーティーに招待され出席できるのは、大変な名誉とされ、クラリッサにとっては、つつがなくパーティーを成功させるのが、あたかも自分の作品を作り上げるにも匹敵する大事業である。この催しを貴族やブルジョワの情報交換と階級的なステータスの場としか解さないとすれば、〈意識の流れ〉の小説としての先駆的な意味の大半は失われてしまうだろう。

事実、小説『ダロウェイ夫人』は、ヴァージニア・ウルフにとって、クラリッサを自分と重ねて、この小説の完成とパーティーの成就を象徴的に同一視している。そのように解さない限り、最後の二行の重要性は察知できない。

「だが、哀れな犬が吠えている」は、十七歳のエリザベスにとっては、父の言葉は嬉しかったが、それよりも動物が好きな彼女は、パーティーで誰もが忙しくて、かまってやれない愛犬を心配しているのである。(引用と関係ないが、ついでながらクラリッサが娘の女家庭教師キルマンを嫌悪するのは、宗教的狂信と階級的憎悪に凝り固まり、生の不安や詩的情感に無縁な人物と見なしているから。クラリッサの中にもそうした傾向があるのかも。)

サリーの言う「リチャードはよくなった云々」は、青春時代、後から仲間に加わりながら、掻っ攫うように、クラリッサと婚約したリチャード・ダロウェイについて、ピーターとサリーは、俗物として反感を持ち、意識して自分達よりも下に見くだしていたのである。美しく成長した娘への子煩悩ぶりを発揮するリチャードを評価し直したのであろう。

「クラリッサだ、と言った。

そこにクラリッサがいた。

It is Clarissa, he said.

For there she was.」

このけじめの文章は、クラリッサとピーターの間に深い断絶があることを示している。と同時に、セプティマスが落ち込んだ断層を乗り越える何ものかが作用していることを示している。当日の午前中に、ピーター・ウォルシュは、パーティーの準備で慌ただしいダロウェイ邸に突然やって来て、案内も乞わずにクラリッサの前に現われて、一方的に自分の結婚話をしながら、なぜか涙を流して、風のように去って行った。この最後の場においても、同様にクラリッサを確認すると「会えて良かったよ、元気でな」とか言って、ダロウェイ邸を去って行ったはずである。それによって、ダロウェイ夫人のパーティーは、本当の意味で、成功したのである、「分解ではなく組み立て」に。

この二行は、クラリッサの存在論的な成就を示しているが、一方のピーター・ウォルシュにとって、彼女との間に、最初から断層や断絶など存在しない。彼はピーター・パンのように半人間、妖精のような存在なのだから、死さえも恐れなかったはずだ。

小説の中盤、リージェント公園地下駅入り口で、不可解な古謡めいた唄が挿入されているが、ピーター・ウォルシュや精神を病むセプティマスはそこを通りかかったにもかかわらず、それには気づかない。もしクラリッサであったら恐怖に震え立ちすくんだであろう。

ちなみに、この最後の場での、ピーター・ウォルシュの「異常な興奮」は、クラリッサを前にしての恐怖ではなく、クラリッサに会える事への純粋な期待と喜びである。

＊

ピーター・ウォルシュとは、だれであろうか、ケンジントン公園のピーター・パン、すなわちポエジーの化身なのだ。嘘だと思ったら、ぜひ、ジェイムス・バリの『ケンジントン公園のピーター・パン』（一九〇六）を一読して欲しい。ついでに、『ピーター・パンとウェンディ』（一九一一）も。ウェンディのダーリング一家は、クラリッサのダロウェイ一家と通じるのではなかろうか。でなければ、クラリッサが、唐突に、かつて「サーペンタイン（蛇形）池に一シリングを投げ入れた」（同書・二一頁／三一九頁）などとつぶやかない。ケンジントン公園のこの池こそ、詩人シェリーのゆかりの地であり、ピーター・パンの根拠地なのだから。ピーター・ウォルシュはインドからではなく、ダロウェイ一家が住むウェストミンスター区直ぐそばのケンジントン公園——「二つ目を右に曲がったら、そのまま朝までまっすぐ」——からクラリッサの窓へ飛来したのだ。最後に、クラリッサがピーター・ウォルシュに、たとえ一瞬にせよ、見えることよって、彼女のパーティーが成就し、同時にヴァージニアの小説『ダロウェイ夫人』が、脱稿出来たのである。熟読すれば、この最後の構図は、冒頭で引用した老婦人の情景のヴァリエーション、繰り返しにほかならない。

クラリッサは、こうしたパーティーを主宰するために、作家ヴァージニア・ウルフは、作品を書くために、ピーター・ウォルシュではなく、リチャード・ダロウェイを、経済的精神的な安定という理由ばかりではなく、ふたたび、ピーターに見えるために選んだのだ。クラリッサはウェンディである。否定的断絶をポエジーの力を借りて乗り超えること。

フォト・ポエムとは、対象と言葉との間で取り逃されるポエジーを求める作業である。在るのは、書いている瞬間のみ、その詩的な瞬間を知るために、記憶を遡らねばならない。

私たちとは、本当のところ、一貫した人間では決してなく、ピーター・ウォルシュ同様に、かなり怪しげな人物ではなかろうか。（了）

蔓とイグアナ　目次

高橋　馨（たかはし・かおる）

一九三八年九月、東京・東両国に生まれる。

住所　千葉県市川市北方二―三二―一五

（〒二七二―〇八一五）

著書目録

童話「緑の円盤と少年たち」1976

詩的作品集「凹面鏡の焦点にて」1980

詩的作品集「感情の灰神楽とレモン」1984

詩的作品集「掻痒の晩に」1985

詩的作品集「透明な臭気となりて」1990

評論「アダプタシオン」1991

詩的作品集「浦島」1992

詩的作品集「自由線画へのお誘い」1994

詩的作品集「仮面劇場」1996

詩的作品集「はなにら」2001

詩集「kawolleria」2002

評論「エクリチュールの真実」2004

詩的作品集「残月記余録」2008

詩的作品集「詩への途上で」2011

評論「湖の騎士のエクリチュール」オンデマンド版2013

詩的作品集「人を訪ねる」オンデマンド版2013

SF小説「奇蹟の回廊」2014

詩的作品「モナドの寓話」オンデマンド版2015

評論「幻楽四重奏」2017

詩的作品集「夜更けの階段」2017

詩集「それゆく日々よ」2021

詩集
蔓とイグアナ

著者………高橋　馨

発行日……2023 年 3 月 8 日
発行者……池田康
発行………洪水企画
〒 254-0914 神奈川県平塚市高村 203-12-402
TEL&FAX 0463-79-8158
http://www.kozui.net/
印刷………モリモト印刷株式会社
ISBN978-4-909385-40-6

Printed in Japan